A

MES AMIS DE BOURGOGNE.

UNE INCONNUE.

Air du Vaudeville de décence.

Ce qu'elle était au printemps de sa vie,
Elle veut l'être et le sera toujours ;
Sa grâce innée en tous lieux l'a suivie ;
　　Les ans ont glissé sur ses jours.
Son teint est frais ; elle a la dent solide,
Bon pied, bon œil, et, retenez ceci :
On trouverait à grand' peine une ride *(bis)*
　　Sur celle que je chante ici *(bis).*

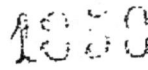
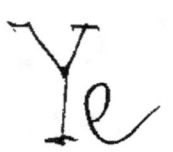

Ride au menton ou ride à la figure,
Peut-être bien, je n'en veux discuter ;
Mais sur son cœur, pour cela, je le jure,
Ride jamais n'osera s'abriter.
Si vous savez plus charmante mémoire,
Plus d'à-propos, de finesse et de sel,
Débit plus vif entre fromage et poire,
Nommez le masque ; il mérite un autel.

Dieu l'a rendue une fois, dix fois mère ;
Sa race fut tout un repeuplement ;
Le sort voulut qu'elle en devînt le père ;
Elle éleva son brave régiment.
Dans sa famille au bonheur préparée
Elle a placé son amour, son appui.
Cherchez, cherchez ; dans toute la contrée
Vous n'aurez pas sa pareille aujourd'hui.

Dans le salon où l'on sait qu'elle trône,
Si son commerce attire, égaye et plaît,
C'est qu'à Pomard, à Paris comme à Beaune,
Son caractère est égal et parfait.

N'en doutez pas : oui, c'est sur cette chaine
Qu'elle a fondé sa cour et son pouvoir ;
Et quand loin d'elle un dur hasard entraine,
Du bout du monde on revient pour la voir.

A ses amis heureuse de sourire,
D'elle chacun obtient un bon accueil ;
Ce qu'elle dit, si l'on pouvait l'écrire,
Serait pour eux le plus piquant recueil.
Sans se confondre, à son tour, chaque chose
Sort de sa bouche arrangée avec art ;
De fleurs, de fruits elle règle la dose,
Dose où souvent la malice a sa part.

Sans passion, sans envie et sans haine,
Son noble cœur date de l'âge d'or ;
C'est du plaisir que sa présence amène ;
On la voit rire, et c'est pour rire encor.
Du temps passé tradition fidèle,
Elle est l'honneur, le respect du présent ;
Enfin, à boire, à chanter elle excelle ;
Connaissez-vous un tout plus séduisant ?

Sur ce portrait, pour bien le reconnaître,
Il vous faudrait un plus ample informé ;
Mais un ami, Messieurs, n'est pas un maître ;
La peur le prend devant l'objet aimé.
A mes efforts pourtant rendez justice :
Plus vous verrez de charme, de bonté
Dans mon modèle, et plus ma faible esquisse *(bis)*
Reproduira l'exacte vérité *(bis)*.

LES VINS DE BOURGOGNE.

Air : *Je commence à m'apercevoir.*

Pour adoucir le genre humain
Je sais une méthode,
Jadis fort à la mode,
Qu'il faudrait lui rendre demain.
Il est notoire,
J'en ai mémoire,
Que nos aïeux mettaient leur gloire à boire;

Qu'à table et dans les meilleurs vins,
Comme remèdes souverains,
Ils se hâtaient de noyer leurs chagrins.
 Là se bornaient leurs guerres;
 Buvons donc à pleins verres
 Comme buvaient *(bis)* nos pères.

Avant la révolution
 Le Français sans relâche,
 Accomplissant sa tâche,
Était exempt d'ambition.
 D'une tribune
 Fade et commune
Il ignorait la rumeur importune;
Il n'avait pas de faux Romain,
Il était ou noble ou vilain
Et sur sa bourse il mesurait son train.
 Gloire à ces jours prospères,
 Et buvons à pleins verres
 Comme buvaient *(bis)* nos pères.

L'avocat ne gouvernait pas,
 Et le propriétaire

Sur le fier prolétaire
Comme de juste avait le pas.
Chaque existence
Dans sa distance
Gardait son rang, ses droits, son importance.
Point de sentiments envieux,
Point de principes factieux,
On était bon, loyal, franc et joyeux.
Gloire à ces jours prospères,
Et buvons à pleins verres
Comme buvaient *(bis)* nos pères.

Jamais dans ce fortuné temps,
En gaîté si fertile,
De discorde civile ;
La vie était un long printemps.
La chansonnette,
Leste et coquette,
Mêlée au vin mettait tout en goguette ;
Les bons cœurs s'épanouissaient,
Et les buveurs ne gémissaient
Que quand, hélas ! les repas finissaient.

Là se bornaient les guerres;
Buvons donc à pleins verres
Comme buvaient *(bis)* nos pères.

On buvait le plus fin Chablis,
Le Xérès, le Champagne,
Vins de France et d'Espagne;
Puis, si l'on était indécis
Du vin de Beaune
Au vin du Rhône,
Pour les juger, on confondait leur zône.
On célébrait le Chambertin,
Car sans lui point de gai festin,
De sel, d'esprit, ni de propos lutin.
Là se bornaient les guerres;
Buvons donc à pleins verres
Comme buvaient *(bis)* nos pères.

Jamais, et par mépris pour l'eau,
Vin de bonne cuvée
Des gourmets éprouvée
Ne languissait dans son caveau.

Toujours gaillarde,

Jamais blafarde,

La France alors savait se mettre en garde

Contre tous ces blasphémateurs

Et ces affreux petits rhéteurs

Des vieux tribuns pâles imitateurs.

Au diable de tels frères,

Et buvons à pleins verres

Comme buvaient *(bis)* nos pères !

A cette heureuse époque encor

Point d'avare manie,

Point de Californie ;

Au lieu de courir après l'or,

La Romanée

De chaude année

Sans cesse était sablée et chansonnée,

Ainsi que Volnay, que Meursault,

Que Musigny, Corton, Vougeot,

Vougeot qui fait d'un long pâle un rougeot.

Là se bornaient les guerres ;

Buvons donc à pleins verres,

Comme buvaient *(bis)* nos pères.

Si je n'ai pas dit du Pomard *
    Les qualités brillantes,
    Les vertus pétillantes,
Pour moi c'est qu'il fait bande à part.
        J'aime sa mousse
        Dont la secousse
Tranquillement vers l'ivresse nous pousse ;
    J'aime sa vermeille couleur,
    Son bouquet, sa fine saveur ;
Sur ses rivaux je l'installe en vainqueur.
        Désormais plus de guerres,
        Et buvons à pleins verres
        Comme buvaient *(bis)* nos pères.

Vous tous enfin, vins délicats,
    Beaux fils de la Bourgogne,
    Qui rougissez la trogne
En donnant de si doux ébats ;
        En vous je fête,
        Fête et refête
Du sol natal la plus douce conquête ;

* La chanson a été faite à Pomard même.

Car avec vous point de méchants,
Point de complots, de noirs penchants,
Mais des lurons, du bon rire et ces chants
Si loin de nos misères,
Si près des jours prospères
Où s'enivraient *(bis)* nos pères.

Voulez-vous un échantillon
Des jours dont je regrette
L'excellente recette ?
Dieu vous le donne en médaillon
Dans cette mère *
A tous si chère,
Si jeune encor, quoique sexagénaire :
Pleine d'entrain et de bonté,
De grâce et d'affabilité,
Dont le cœur fait dans sa simplicité
De ses enfants ses frères,
Et qui boit à pleins verres,
Comme buvaient *(bis)* ses pères.

* Madame M. M.

LE VIN DE POMARD.

Air du Bastringue.

Qui n'a pas sablé dans Pomard
    De ses treilles
    Sans pareilles
Le doux jus, le divin nectar,
N'est qu'un épicier, qu'un cafard.

Plus on en boit, plus on le vante,
Car plus il satisfait le goût;
Et dans ce jour si je le chante,
C'est pour qu'on en boive partout.
Qui, etc.

Avec lui jamais de vieillesse,
On reste jeune, vigoureux ;
Et quand il conduit à l'ivresse,
Le réveil n'est que plus heureux.

Qui, etc.

On cite dans le voisinage
D'autres crus fort dignes d'égard ;
Moi je n'admets aucun partage,
Et je me cramponne au Pomard.

Qui, etc.

On peut vraiment suivre à la piste
Les gens qu'il rend à la santé,
Et plus longue encore est la liste
De ceux qu'il rend à la gaîté.

Qui, etc.

Là ne naissent que de bons drilles,
Que gros tonneaux, que gros enfants ;
Vignes, beaux garçons, belles filles,
Tout cela pousse en même temps.

Qui, etc.

Buvons donc du Pomard encore,
Sans crainte buvons-en toujours,
Puisque du gourmet qui l'honore
Son usage allonge les jours.

Qui, etc.

Je connais une noble dame *
Qui, depuis qu'elle est de céans,
Chante avec nous la même gamme
Pour la chanter jusqu'à cent ans.

Qui, etc.

* Madame M. M.

LE VIN DE BORDEAUX

ET LE VIN DE BOURGOGNE.

Air du Bastringue.

Au diable le vin de Bordeaux,
Ce vin fade,
Vin de malade!
Au diable le vin de Bordeaux!
Il est bon pour des damoiseaux.

Parlez-nous du vin de Bourgogne,
De ce vin qui rougit la trogne;
C'est un velours, c'est un satin
Que le grand vin de Chambertin.
Au diable, etc.

Que me fait à moi ce Laffitte
Ou ce Médoc qui débilite ?
Honneur à nos vins réchauffants
Qui rendent si forts nos enfants !

Au diable, etc.

En vain le Grave se pavane,
Il n'est qu'une triste tisane,
Et le tiède Château-Margaut
Pâlit devant le Clos-Vougeot.

Au diable, etc.

Buvez, buvez la Romanée,
Puisque le ciel nous l'a donnée.
Comme venant du paradis
Directement, je vous le dis.

Au diable, etc.

Tard, Musigny, Corton et Beaune,
Montrachet et Volnay qu'on prône,
Vous surtout, vigoureux Pomard,
Votre règne est assuré, car.....

Au diable, etc.

Le Pomard en une quinzaine
Rend grosse une mince bedaine,
Quand le Bordeaux, vrai feu follet,
Laisse son buveur tout fluet.

Au diable, etc.

Quand Noé, ce grand patriarche,
Avait soif et buvait dans l'arche,
Au lieu de Bordeaux mauvais teint,
Il se gorgeait de Chambertin.

Au diable, etc.

Nos soldats avec du Bourgogne
Font de rude et noble besogne;
Trouverait-on sous nos drapeaux
Tant de gloire avec du Bordeaux?

Au diable, etc.

Bref, du Bourgogne la piquette
Vaut mieux que ce vin de caillette
Qui, malgré son nom de Bordeaux,
N'est bon que pour des hôpitaux.

Au diable, etc.

Enfin, s'il le faut, qu'on admette
Que le Bordeaux parfois s'achète,
Qu'on en boit même à certains jours.....
Pour le Bourgogne, c'est toujours.

Au diable, etc.

L'AMATEUR DE BON VIN.

Air : Eh ! lon, lan, la, landerirette.

Dieu plaça dans sa sagesse
Le bon vin au premier rang,
Et pour surcroît de largesse
En fit du rouge et du blanc.
 Je suis heureux
 Quand la vendange
 Gaîment s'arrange
 Avec mes vœux.

Si je garde quelque doute
Des crus sur la qualité,
A tous à la fois je goûte
Par respect pour l'équité.
    Un classement
    Contradictoire
    Vient après boire
    Plus sûrement.

Au début de ma journée
Je dis un mot au Pomard,
Vingt mots à la Romanée
Et fais un discours au Tard.
    Pour le Vougeot,
    C'est par raffale
    Que je l'avale
    Au grand galop.

Si le Musigny m'enivre
Un jour par excès de ton,
Mon grand moyen de revivre
Est de sabler du Corton.

Le changement
Est ma devise,
Et je me grise
Par traitement.

S'il arrive que je flotte
Entre Nuits et Richebourg,
J'ordonne qu'on démaillote
Un flacon de chaque bourg.
    Soir et matin,
    Pour bonne bouche,
    On me débouche
    Du Chambertin.

Dans ce liquide inventaire,
Sur Montrachet et Volnay
Il siérait mal de se taire
Quand on porte un cœur français.
    En vrai luron,
    Telle est ma ligne,
    J'estime vigne
    Et vigneron.

J'adore enfin la bouteille,
Source de mille gaîtés,
Et veux pour tombe une treille
Où mes neveux, excités
    Par mes refrains,
    A leur tour fêtent,
    Chantent, refêtent
    Tous nos vieux vins.

PARIS. — IMPRIMERIE DE J. CLAYE

Rue Saint-Benoit, 7.

www.ingramcontent.com/pod-product-compliance
Lightning Source LLC
Chambersburg PA
CBHW070909200626
46818CB00006BA/2448